95464

e

ÉPITRE

D'UN FILS A SA MERE.

PIECE

QUI A CONCOURU AU PRIX
de l'Académie Françoife en 1768.

Par *M. l'Abbé* DE *LANGEAC*.

Le chef-d'œuvre d'amour eft le cœur d'une Mère. (*Gaillard.*)

A PARIS,

Chez LE JAY, Libraire, quai de Gêvres,
au Grand Corneille.

M. DCC. LXVIII.

ÉPITRE

D'UN FILS A SA MERE.

Soumise avec courage aux vœux de la Nature,
Toi dont le cœur docile à son moindre murmure,
T'immolant toute entière à ton auguste emploi,
S'est fait de le remplir une sévère loi ;
Exemple attendrissant d'une sensible mère ;
Et de la dignité d'un si saint caractère,
Mon cœur en sentimens tout entier répandu,
Ne pourroit t'exprimer le retour qui t'est dû.
De mes foibles essais, puisse au moins cet hommage,
Premier vœu de ce cœur, être l'heureux présage

De tes deſſeins ſur moi chaque jour accomplis,
Et juſqu'à mon trépas reſpectés & remplis!

'Aux cris que tu formois, cauſés par ma naiſſance;
A peine eus-je mêlé quelqu'accent de ſouffrance,
Que déja ta tendreſſe ardente à les calmer,
Indiquoit les tranſports dont elle allcit m'aimer.
Unique objet déja de tes vives alarmes,
Je vis avec le jour couler ſur moi tes larmes.
Du berceau ſur ton ſein à chaque inſtant remis;
Je captivois tes yeux à ma garde commis.
De regards enchantés parcourant mon viſage;
De mon père en mes traits ils careſſoient l'image;
Et ſembloient répéter à ſon cœur ſatisfait,
Tout l'intérêt du tien pour ſon naiſſant portrait.
Comment aurois-tu pu, marâtre par uſage,
Des cris de la nature étouffant le langage,
Confier mon enfance à de ſerviles ſoins?
Ils ſont tels, ſi du cœur ils ne ſont des beſoins.
Tu ſentois trop le prix des veilles d'une Mère;
Tu ſentois qu'il n'eſt rien au cœur d'une étrangère
Qui puiſſe remplacer ces ſentimens ſacrés,
Sans ceſſe, ſans beſoins, pour un fils inſpirés.

Baifers , larmes , fouris , douce follicitude ;
D'une foigneufe Mère agréable habitude ,
Qui cultivant l'attrait par le fang commencé ;
En fait un droit puiffant rarement tranfgreffé.
Auffi cet heureux Fils , que tant de vigilance
Préparoit de fi loin à la reconnoiffance ,
Dont le cœur a du tien appris à s'animer ,
Même avant la raifon , a fenti pour t'aimer.
Ses premiers mouvemens ont été des careffes ,
Ils t'ont de fa vertu préfenté des promeffes.
La nature de qui naiffoit ces fentimens ,
En avoit dans ton fein placé les alimens.

Viens apprendre , ma Mère , à la Mère infenfée ;
Qui loin de fon enfant circonfcrit fa penfée ,
Dans un cercle honteux de folles vanités ,
A combien de douceurs , de pures voluptés ,
Elle ferme fon ame à l'ufage affervie.
Apprends-lui qu'il n'eft point de charmes en la vie
Semblables à celui de foigner de fa main ,
Efpoir de fa grandeur , le doux fruit de fon fein ;
De chercher en fes traits l'aurore de fon ame ;
De lire en l'avenir le retour qui l'enflame ;

De le fixer enfin d'un regard careffant ;

Sur le fein nourricier, jouant, s'embelliffant.

Dis combien ta tendreffe étoit heureufe & fière ;

De voir tes foins fuivis d'une faveur entière ;

De combien de plaifirs tu nourriffois ton cœur,

Dans l'efpoir que ton fils, objet de ton bonheur,

Alloit par des fuccès au-deffus de fon âge,

De tes nouveaux bienfaits publier l'avantage.

Pour garantir mes fens de toute illufion,

Tu pris feule l'emploi de mon inftruction,

Et laiffas fur la foi de ta feule tendreffe,

Tous ces riens impofans que l'ufage profeffe :

Recours des faux parens. Ces fombres haran-
        gueurs,

Des fens intimidés, empreffés corrupteurs,

Qui le font fi fouvent de l'aimable innocence,

N'ont point de leurs leçons abruti mon enfance.

Comme un fruit fous la cloche eft des vents con-
        fervé,

Tel je fus fous tes yeux de leurs mains préfervé;

Favorifant toujours l'inftinct de la nature,

Règle, pour l'embellir, fi facile & fi fûre ;

Tu conçus fagement que la gaieté , les jeux ;
Le befoin fatisfait , objet des premiers vœux ,
Loin d'être ce qu'en croit une auftère ignorance ;
Le rudiment du vice où fe perd l'innocence ,
Peuvent être au contraire en cet âge exercé ,
Des plus hautes leçons l'inftrument careffé.
Jeux heureux où je fus formé fans nulle étude ,
Et porté par l'amour , mes befoins , l'habitude ,
A dépendre de toi fans jamais t'obéir ;
A fuivre tes défirs fans jamais les fervir.
Quand la néceffité , fource en leçons fertile ,
Vint mefurer fon joug fur ma tête indocile ,
Ta main induftrieufe aimoit à m'y plier ,
Et tes yeux à m'y voir attachés tout entier.
Combien joyeufe alors , que mon impatience
Implora le fecours de ta prompte affiftance ,
En hâtois-tu l'effet , foible & nul comme moi ?
Le murmure impuiffant , fitôt devant fa loi.
Je vis de fes arrêts ma dépendance extrême ;
Et j'appris à ne plus commander qu'à moi-même.

Ainfi les feuls objets de mon amufement ,
Avec art préparés , formoient mon jugement ;

Ne parloient à l'efprit qu'après l'expérience;

Et foumettoient mes vœux à mon intelligence.

Le plaifir ramenant toujours l'inftruction,

Cultivoit de concert le corps & la raifon;

Et tous les deux croiffant dans un jufte équi-
libre,

Par - tout j'étois foumis, par-tout & toujours
libre,

Par-tout heureux; inftruit que de l'égalité,

Du pouvoir & des vœux naît la félicité.

Ainfi mes facultés dans cet apprentiffage;

S'exerçoient à celui des travaux du courage;

De l'amour filial, des facrés fentimens,

Qui font de la vertu d'éprouvés fondemens.

Modèle fortuné d'une rare tendreffe;

De ton Fils malheureux, la plainte vengereffe

Ne t'accufera pas qu'en d'autres mains remis,

Tu n'égligeas les foins à la tienne commis;

Et laiffas au hafard celui de reproduire,

L'être né fouverain fur tout ce qui refpire;

Lui pour qui font formés tant de fujets divers,

Et qui doit à fon tour l'être pour l'univers,

Le plus noble attribut de la grandeur fuprême;
L'homme, chef-d'œuvre unique, image d'elle-
même.

Que peut-on pour un Fils, qui par tes foins tenté,
A mes moindres befoins n'ait été préfenté?
Quelle Mère ennoblit jamais ce caractère,
Par plus de fentimens, un amour plus fincère,
Enfin, par plus de zèle & de plus grands travaux?

Il étoit temps pour toi de jouir du repos.
Une autre main déja devenoit néceffaire.
Cet honneur fut commis à celle de mon Père.

Laffe alors des travaux tous les jours répétés,
Portas-tu loin de moi tes affiduités?
Te vit-on des plaifirs rechercher la préfence,
Et fous mon nouveau maître oublier mon enfance?
Jamais Mère nourrice eut-elle cet oubli?
Son befoin de chérir eft-il jamais rempli?
Non. Dans ta vigilance également active,
Ton amitié pour moi n'en fembloit que plus vive.
Tu favois ajouter avec ménagement,
Aux favantes leçons celles du fentiment,

Les fceller dans mon cœur du fceau de ta ten-
     dreffe,

Les faire avec refpect goûter à ma jeuneffe,

Prévenir les dangers de toute opinion,

Munir mes fentimens de perfuafion.

Tu me dictois le cours de ma philofophie,

En écartois l'erreur, dont toute autre eft remplie.

De fophifmes ainfi tu garantis mon cœur.

C'eft là que m'infpirant l'orgueil de ma gran-
     deur,

Tu me fis concevoir un mépris falutaire,

De l'impiété même exécrable repaire!

Pour ce code vanté de fyftêmes nouveaux,

Où l'on rabaiffe l'homme au rang des animaux.

Tu fus en même-temps échauffer ma tendreffe,

En faveur des humains, jouets de leur foibleffe;

Penfant que plus ils font foibles & malheureux,

Plus on doit les chérir & s'attendrir fur eux.

Quand ma jeuneffe auffi par l'exemple tentée,

A la voix des méchans fe trouvoit arrêtée;

Me fentant fur le point d'adopter leurs erreurs,

(Ils les paroient en vain des plus belles couleurs.

En vain de leurs plaifirs ils m'offroient le partage ;
Comme un fruit qui n'avoit de faifon que mon
      âge.)
Toute en larmes, ma Mère offerte devant moi,
Venoit faifir mon cœur & le remplir d'effroi ;
Je fuyois, détrompé, leur coupable préfence,
Je volois dans tes bras fauver mon innocence ;
Et couvert de baifers, reprendre fur ton fein,
Contre leurs faux confeils un plus ferme deffein.
Ah ! combien en fecret, fatisfait de moi-même,
Je chériffois ce fruit de ta tendreffe extrême.
Ma vertu, dérobée à leur perverfité :
Tandis qu'abandonnés à leur malignité,
Ils ouvroient, fans efforts, leur ame à tous les
      vices,
Et faifoient des plus grands leurs plus chères déli-
      ces.

Surpris de les trouver, délaiffés du remord,
Devoir, avec leurs goûts, leurs actions d'accord ;
Cherchant d'où leur naiffoit ce pervers caractère,
Mon cœur me l'apprenoit : ils n'ont point eu de
      Mère.

Oui , ma Mère , ce font tes foins attendriffans ;
Qui d'exemples pareils ont préfervé mes fens.
Tant que je refterai guidé par ta tendreffe ,
Je verrai fans péril cette folle jeuneffe ,
Dès le berceau , livrée à des maîtres trompeurs.
Exempts de fes leçons, je n'aurai point fes mœurs.

Quand la mort entre nous aura mis fes bar-
     rières ,
Je n'en ferai pas moins foumis à tes lumières ;
Tes confeils par mon cœur chaque jour répétés ;
Chaque jour règleront mes moindres volontés.
Juftement occupé d'une chère trifteffe ,
Je me pénétrerai des leçons de fageffe ,
Des fentimens humains & des inftructions ,
Dont , chaque jour , tous deux nous nous entrete-
     nions.
J'irai fur le tombeau qui contiendra ta cendre ,
Interroger ton ombre attentive à m'entendre :
Ma Mère avec fon Fils reviendra converfer ,
A tous mes fentimens encor s'intéreffer ;
Et le jour où le ciel à ma vertu propice ,
M'aura mis à couvert de la honte du vice :

Le jour où je pourrai, fatisfaifant mes vœux;
Mêler d'utiles pleurs aux pleurs du malheureux;
J'irai fur cette tombe en ajouter l'offrande,
A celle du refpect que mon cœur me commande.
Puiffé-je, tous les jours, pour fon infcription,
T'y dépofer le prix d'une telle action!

ODE
SUR LA COLERE.
PIECE
QUI A CONCOURU AU PRIX
de l'Académie Françoise en 1768.

Par le même.

Fulmen eſt ubi cum poteſtate habitat iracundia.   (P. Syrus.)

ODE

SUR LA COLERE.

L'Ethna, dont la bouche fumante
Vomit la flamme & le trépas ;
L'Eridan, dont l'onde écumante
Roule fans ceffe avec fracas ;
Les coups redoublés du tonnerre
Qui femblent menacer la terre
De l'écrafer du poids des Cieux,
Et les plus terribles ravages,
Ne font que de foibles images
De la Colère & de fes feux.

Sa rage en ruines féconde,
Se nourrit d'objets ténébreux ;
De débris embrafés du monde,
Elle aime à repaître fes yeux ;

B

Ses mains cruelles, meurtrières,
Renverſent des Villes entières,
En maſſacrent les habitans ;
Inſenſible aux larmes des pères ,
Elle va dans le flanc des mères
S'abreuver du ſang des enfans.

C'eſt toi , monſtre en crimes fertile,
Qui changeant en férocité
La guerrière vertu d'Achile,
En fait un Héros déteſté.
Il t'écoute , il ternit ſa gloire ;
Il traîne à ſon char de victoire
Hector vaincu . . . . . mais glorieux.
Plus malheureux, il trouve Homère,
Qui chantant juſqu'à ſa colère ,
L'élève au rang des demi-Dieux.

Oui, la véritable vaillance
Sait triompher de la fureur.
Viens , vois le Héros de la France,
L'humanité règne en ſon cœur ;
Dans ſa main il tient le tonnerre :
Il peut frapper . . . . . mais il eſt père

De fes fanatiques Sujets.
Et ce n'eft point par la famine
Qu'il veut les vaincre, il fe deftine
A les gagner par fes bienfaits.

Où font ces temps pleins d'alégreffe,
Où plus fimples, plus vertueux,
Loin de l'importune richeffe,
Tous les Mortels vivoient heureux?
Ne connoiffant qu'un même père,
Chez eux tout le monde étoit frère,
Le vice étoit feul combattu;
Jamais la Colère fanglante
Ne fouilloit la terre abondante,
Séjour heureux de la Vertu.

Mais bientôt les Dieux du Ténare,
Jaloux du bonheur des Humains,
S'affemblent au fond du Tartare,
Armés de ferpens inhumains.
La Colère ardente & farouche
Diftille un venin de fa bouche,
Dont l'odeur infecte les airs.
Pluton, d'une voix formidable,

Donne cet ordre redoutable
A tous les Monſtres des Enfers.

Allez, faites trembler la Terre,
Effrayez-la par des forfaits;
Troublez cette Paix ſalutaire
Qui rend les Mortels ſatisfaits :
Que la Vertu ſoit la victime
De tous les partiſans du crime;
Qu'eux ſeuls éprouvent vos faveurs :
N'ayez d'autres ennemis qu'elle;
Et pour me prouver votre zèle,
Signalez-vous par des fureurs.

Changez en trahiſon perfide
La douce & la tendre amitié;
Prenez la Colère pour guide,
Fermez vos cœurs à la Pitié :
Armez le fils contre le père,
Armez la ſœur contre le frère;
Frappez, que tout meure, écraſez;
A me venger que l'on s'apprête :
Partez, que rien ne vous arrête;
Pluton ordonne, obéiſſez.

Il dit : la terre qui s'entr'ouvre,
Préfente un fpectacle odieux ;
Au même inftant elle fe couvre
Des Monftres les plus furieux :
A leur tête on voit la Colère,
Devant elle l'affreux Cerbère
Pouffe de longs rugiffemens ;
Et des ferpens impitoyables
Sur fes trois têtes effroyables,
Troublent l'air de leurs fifflemens.

La Paix, cette aimable Déeffe,
Qui fait le bonheur des Humains,
Aux Cieux confiant fa trifteffe,
Y lève fes tremblantes mains ;
Soupire, & bientôt éplorée,
Regrettant le fiècle d'Aftrée,
Baiffe fes yeux mouillés de pleurs,
Et quittant pour jamais la Terre,
Va près du Maître du Tonnerre
Se confoler de fes douleurs.

La Colère voit l'Innocence
Avec la Paix voler aux Cieux ;

Victorieuſe, elle s'avance,
Déja tout brûle de ſes feux :
Ils ſont allumés dans les Villes,
Juſques dans les Hameaux tranquilles,
Sa main excite la fureur ;
Les Rois ſont en proie à ſes flames,
Elle s'empare de leurs ames,
Sans s'étonner de leur grandeur.

Je l'apperçois cette Furie,
Ses yeux ſont couverts d'un bandeau ;
Dans ſa main au crime enhardie,
Brille un ſacrilège couteau ;
Sa bouche eſt ſanglante & livide,
Sa marche eſt lente, elle eſt rapide,
Elle s'égare en ſa fureur,
Et ſe puniſſant de ſes crimes,
Au lieu de frapper ſes victimes,
Elle perce ſon propre cœur.

Mais renaiſſant au cœur d'Atrée,
Plus forte que la voix du ſang,
Du fils de ſon frère . . . . égarée,
Je la vois déchirer le flanc ;

Et fans pitié de fon enfance,
D'Atrée irritant la vengeance,
Epoux, frère dénaturé,
Il offre au malheureux Thiefte,
(O Dieux, quel breuvage funefte!)
Le fang de fon fils maffacré.

Montrez-nous, Temple de Mémoire,
Temple où règne la Vérité,
Le nom du Mortel que la gloire
Confacre à l'Immortalité.
Eft-ce un Roi qui dans fa colère,
Auffi barbare que Tibère,
Foule aux pieds toutes les Vertus?
Non, c'eft un Roi dont la clémence
Réunit à la bienfaifance
L'ame fenfible de Titus.

LES PARENS

SUR L'AMOUR

L'EMPORTENT AU VILLAGE.

ÉGLOGUE.

Par le même.

LES PARENS

SUR L'AMOUR

L'EMPORTENT AU VILLAGE.

ÉGLOGUE.

L E roſſignol & les autres oiſeaux
Se tenoient tous dans un profond ſilence ;
   Déja l'hiver par ſa naiſſance
   Suſpendoit le cours des ruiſſeaux.
   Aſſis dans ſon humble chaumière ,
Menalque ſe chauffoit à la flamme légère
D'un bois qui répandoit une douce chaleur :
Son front ſur ſes deux mains, les yeux fixés en terre,
Son maintien annonçoit les chagrins de ſon cœur.
   Il ſoupiroit : & Daphnis ſon vieux père

Etoit à fes côtés, & n'en étoit point vu.

Tremblant, irréfolu,

Daphnis fixa fur lui des yeux pleins de tendreffe,

En cherchant à le raffurer.

DAPHNIS.

O mon fils! lui dit-il, d'où naît cette trifteffe?

Pourquoi t'entends-je foupirer?

Hélas! pour ton bonheur, que puis-je faire encore?

Parle, découvre-moi ce fecret que j'ignore . . . .

Tu ne me réponds point!...ah! ton injufte cœur

Craint donc, avec le mien, de partager fa peine?

MENALQUE.

Pourquoi par ce foupçon accroître ma douleur?

O mon père! ébloui des appas de Clymène,

Mon cœur ofa l'aimer : nous nous aimions tous deux;

Nous goûtions les plaifirs que donne la tendreffe :

A préfent l'inhumaine, en dédaignant mes feux,

Infulte à mes tourmens, & rit de ma foibleffe.

Ne s'eft-elle jamais préfentée à vos yeux?

Lorfque fuivant fes agneaux dans la plaine,

Les échos répétoient fes chants mélodieux,

Je répétois le doux nom de Clymène.

Je me rappelle encor ces jours délicieux,

    Où mollement fur la fimple fougère,

    Je m'afféyois auprès de ma Bergère.

Ah ! que dans ces inftans je me trouvois heureux !

Souvent je l'endormois au fon de ma mufette,

Je voyois fur fon fein les zéphirs s'amufer.

    De fleurs alors je chargeois fa houlette,

Clymène à fon réveil me donnoit un baifer.

Mes vœux étoient remplis : mais la mort trop cruelle,

Pour troubler mon bonheur, vint menacer vos jours.

Hélas ! vous le favez, ma tendreffe, mon zèle,

Me firent auffi-tôt oublier mes amours.

Sans ceffe auprès de vous, tremblant pour votre vie,

Vous fouftraire à la mort, étoit ma feule envie.

Et l'aurore déja pour la troifième fois,

De fon éclat naiffant embéliffoit nos bois,

Lorfque le fouvenir de Clymène offenfée,

Vint attrifter mon cœur, & frapper ma penfée.

Près d'elle au même inftant je vole avec tranfport,

J'implore à fes genoux fa tendreffe ou la mort.

Elle fuit mes regards, & d'une voix févère :

Allez, dit-elle, ingrat, chercher une Bergère

Plus fidelle, plus tendre, & plus digne que moi
De fixer vos fermens, vos feux & votre foi.

Cette Bergère enfin autrefois fi fenfible,
Qui voyoit loin de moi tous les maux du trépas,
Pour moi feul aujourd'hui devenue inflexible,
M'ordonne de la fuir, & de ne l'aimer pas.

Depuis cet ordre affreux, toujours dans les
    alarmes,
Il ne me refte plus d'autre bien que mes larmes.

DAPHNIS.

O mon fils! voilà donc ton cœur abandonné
   A l'impérieufe ivreffe
Dont ma craintive & foigneufe tendreffe
L'avoit heureufement jufqu'ici détourné.
   Tu ne crains pas de m'avouer la flame
    Qui déja dans ton ame
Exerce fon pouvoir en tyran adoré.
    Mon enfant, j'en mourrai.
    Le mal que ta main foulage
    M'eft facile à fupporter;
Mais tu verras bientôt fuccomber mon courage
Au mal qu'à mes tourmens mon fils peut ajouter.

MENALQUE.

Non, je ne croirai pas ce que je viens d'entendre :
Vous favez trop pour vous combien mon cœur eſt
    tendre,
Et combien votre fils ſe croiroit malheureux,
S'il troubloit le bonheur de vos jours précieux.
Ah! ſi vous connoiſſiez cette aimable Bergère,
Dont les douces vertus, dont les ſimples attraits
Ont captivé mon cœur, & cauſent mes regrets,
Vous voudriez ſans doute en devenir le père;
    Vous taririez la ſource de mes pleurs;
Et ſans vous alarmer d'un amour légitime,
Vous ne me croiriez point ſur le bord de l'abîme,
Lorſque je marche en un chemin de fleurs.
Vous vous peignez l'Amour comme un Dieu re-
    doutable,
    Vous ne voyez que ſes fureurs;
    Mais ce n'eſt qu'un enfant aimable
    Pour ceux qui goûtent ſes douceurs.
    Rends-moi le cœur de ma Bergère,
    Dieu charmant qui fis mon bonheur :
    Fais que ſenſible à mon ardeur,

Oubliant pour toujours fon injufte colère,

Sa main vienne effuyer mes pleurs.

Pour prix d'une grace fi chère,

Je veux fur la fimple fougère,

Où j'ai reçu fes premières faveurs,

Conftruire pour toi feul, avec magnificence,

Un bofquet qui de fleurs de myrtes entouré,

Des temps bravant la violence,

Te foit à jamais confacré.

DAPHNIS.

O mon fils ! à l'inftant qui ferme ma paupière,

Ne trompe point l'efpoir qui me rendoit heureux;

Que je puiffe du moins à mon heure dernière

Etre fûr que ton cœur eft encor vertueux.

Ecoute : une Rofe nouvelle

Préfentoit fon éclat naiffant

Aux regards adoucis d'un foleil bienfaifant :

Un Papillon auffi beau qu'elle,

Frappé de fes vives couleurs,

Sentit pour cette jeune Rofe

Ce qu'il n'avoit fenti pour aucune des fleurs.

Sur elle au même inftant il vole, il fe repofe,

Héfite, & lui dit en tremblant;
Tout ce que peut dicter le cœur d'un tendre Amant.
Beau Papillon, lui dit la Rofe,
Ne craignez pas que je m'oppofe
A ce qui peut faire votre bonheur.
Mais on prétend que vous êtes volage :
Je n'en crois rien; votre air, votre langage,
Tout m'affure de votre ardeur;
Mais je voudrois que votre obéiffance
A remplir mes fouhaits m'affurât fa conftance.
Le feu fut de tout temps l'objet de mes défirs :
Partez, comblez mes vœux, & ma reconnoiffance
Pourra rendre mon cœur fenfible à vos foupirs.
Le Papillon, plus prompt que la parole,
Quitte la Rofe, fuit, s'envole.
Il voit une lumière avec célérité,
Il veut faifir le feu que la Rofe défire;
Ce feu l'épouvante, il foupire,
Et puis recule avec timidité.
Sa paffion eft la plus forte,
Sur fa frayeur elle l'emporte;
Il vient, plein d'un nouvel efpoir.
Mais, ô douleur ! une étincelle

Vole fur lui, le démonte d'une aîle,

Et le réduit au défefpoir.

En cet état, près de la Rofe,

Qui le matin à peine étoit éclofe,

Il fe traîne languiffamment,

Il la cherche, mais vainement :

Sans en laiffer aucune trace,

Un vent léger, le fouffle des zéphirs,

L'avoit détruite, à peine il en trouva la place.

O mon fils! de l'Amour voilà donc les plaifirs?

Le même fort t'attend : tu brûles pour Clymène,

Sans goûter le bonheur, tu n'as que des regrets,

Et lorfqu'elle fera plus fenfible à ta péïne,

Le temps aura flétri fes frivoles attraits.

Menalque à ce difcours tombe aux pieds de fon
        père,

L'embraffe, lui promet d'oublier fa Bergère,

De ne plus s'occuper qu'à charmer fon ennui,

Et de n'aimer jamais que fes vertus & lui.

J'ai lu, par ordre de Monfeigneur le Vice-Chancelier, trois Ma-
nufcrits, l'un intitulé *Epitre d'un Fils à fa Mere*, l'autre *Ode fur la
Colère*, & le troifiéme, *les Parens fur l'amour l'emportent au Village*,
Eglogue : & je crois qu'on peut en permettre l'impreffion. A Paris le
21 Août 1760. MARIN.